木橋の穴

定道明

Sada Michiaki

思潮社

木橋の穴　目次

装幀　髙林昭太

木橋の穴

青い畑

1

昼飯の後、祖母は私に若宮の畑まで竹竿を一本運んでくれと言った。

（ハタシテ行ケルカナ）

「おまえは男やろ」

そうか、俺は男か。男なら人前で恥をかくわけにはいかぬ。

真夜中に優しい叔母に起こされた。おふくろの一つ下の妹で、嫁に行っているのだが、町の空襲を予想して実家にいた。

外に出て私が吃驚したのは、景色が何処も彼処も真っ青になっていることであった。家の前の畑も真っ青。毎日親しんできた玉蜀黍や胡瓜や茄子も、青い顔をして丸裸になっている。隠れる場所がないので、それら作物にしても、ひっきりなしの爆音に打ちのめされてとろけたみたいになっている。玉蜀黍は一段と丈が高かったので、特に哀れで痛々しい感じがした。

私はがたがた顫えていた。私は何度も、「おまえは男やろ」と自分に言い聞かせた。しかし五秒と持たずに身体ががたがたと顫えた。歯をくいしばるものだから、カチカチ、カチカチと歯のぶつかり合う音がした。この音があまりに大きいので、人に気取られるおそれがあった。それは恥ではないか。その度に、「おまえは男やろ」という声が飛んで来て私を責めた。しかし、最後に私にできることは一つしか無いと悟った。いっそのこと男であることを止めたらどうだろう。すると、すっと楽になった。身体を顫えるにまかせたのである。初めてB29の機影を見た。薄い蜻蛉の羽根のようであった。鷲のようではなかった。

2

大八車に積んでいるのは夥しいほどの襤褸の山。何処にそんな襤褸があったのだろう。仏壇は大きすぎてとても荷車まで運び切れない。祖父が、「もう持ち出す物はないか」とがなり立てる度に、祖母が横ちぎれになって家の中へ這入り、ふたたび横ちぎれになって家の中から持ち出したものが襤褸ばかりだ。「何じゃい、そんなものしかないんかい」と祖父。襤褸以外となるとまだまだある。あるはずであると思うが、いざとなると、家の中から持ち出すものは何もないのだ。

小学五年生の叔父は、大八車を引く綱をぴぃんと張ったまま、祖父の前に位置をとって構えている。上の叔母は私の手を握りしめている。嫁入り前の中の叔母と下の叔母は、両脇から大八車に手を掛けている。襤褸を山と積んだ大八車は、こうして物々しく護衛されている。

そこへ小学二年生の叔母がいきなり現れて、「垣内の子とお宮さんへ行くぅ」と叫んでいる。いったい、今の今まで何処に居たのか。行方不明になっていた彼女について、彼女が現れるまでは、誰も彼女が家族の一員であったことを忘れていた。真夜中の爆音にはじき出されて、彼女は垣内の子の家に駆けつけ、そこで二人して体を寄せ合っていたのだろう。身内より友達が大事。そこで、いざという時に身内を捨てる。そんな考えをいつ身に付けただろう。皆んなの猛反対を押し切って彼女は駆け出して行った。

「阿呆が。そうやって一人して死んでしまうんじゃがい」と祖父。

3

爆音と同時に青い光も収まると、今度は家の前の往還いっぱいに人の群れが押しかけて来た。この人の群れは、無言で押しかけて来た。橋を渡り、家の前の坂道にさしかかる時、往還いっぱいに溢れて来た彼等の中には、往還からこぼれて土手の下へ転落する者があった。何人かで布団を被っている者もあった。防空頭巾を被る暇がなかったということか。彼等の来た方向からは濛々と土埃が立った。土埃は暗闇の中でもよく見えた。

「何処まで行くんかの」

梶棒を下ろして休んでいた祖父が通りがかった男の一人に聞く。

「西田中まで行きますんじゃ」

「西田中までなら、一里もまだもありますぞ」

往還を小走りに過ぎる人の群れは、爆音も止み、青い光が消えても、無気味に暫く続いた。彼等はまだ、この地点は危いと踏み、逃げ続けるのである。

私達は家の中へ這入ることにした。すると、百姓蔵からずっと続いて、細い米の道がついているのが分かった。米の道は外へ出るまでに消えていた。祖母が米を持ち出そうとしたのだろう。袋が破れていたのだ。鰯を買うにしても、烏賊を買うにしても、祖母は畷を走って米と代えた。しかしこれでは、大八車を何処か見知らぬ町か村へ進めても空車だ。

いつ帰って来たのか、お宮さんへ行くと言って家族と別行動をとった叔母が、玄関の三和土へそっと足を入れるのが分かった。まるで泥棒猫のように見えた。

疎開者

1

奴は赤銅色の皮膚をしていて太っていた。腕、首はいうにおよばず、ほとんど用をなさない薄汚れたシャツからはみ出している胸、背中がいずれも赤銅色をしていて、盛り上がっていた。いがぐり頭から透けて見える頭皮までが、赤銅色に焼けていた。

奴の食事はとっくの昔に了っていて、奴は食事の時になると、石を積んだ竈の焚き口に廻って、その辺から掻き集めた榾木の類を、膝小僧でベリッベリッとへし折りながら一人くべ続けた。竈の上にかけてある鍋には、わけのわからないものが一杯入っていて、ゾロと呼ばれていた。老人や、女や、子供らは、そうしたゾロを一心に食べた。しかし奴がゾロを食べている姿を見た者はなかった。

奴は細い目をしていた。だからいつも何処を見ているのかがわからなかった。奴が立ち上がって、こっちを向いて歩いて来ることは滅多になかった。奴はいつも後ろ姿しか見せなかった。

奴は竈にもう鍋がかかっていなくても、ベリッベリッと榾木をへし折りながら火を燃やし続けた。奴の顔やら胸に、榾木の黒い燃えかすが舞い降りることがあったが、それらは汗のために奴の身体に付着して離れなかった。奴のめくれた分厚い上下の唇の裏側は不気味な紫色をしていた。そのために歯茎や舌などは桑の実を食べた後のように黒ずんだ色をしていると考えられた。それを知ってか知らぬでか、奴が口を開けて誰かと喋っている姿を見た者はなかった。

2

ケン坊はコツコツに痩せていた。彼の母はもっと痩せていた。母親が見込みのない病気なのだということは皆んな知っていた。この母子は、夕方になると、牛小屋の二階から降りて来て、前を流れる小川の側で七輪に火を熾し、何やら鍋で炊いたものを食べていた。ケン坊は学校でも無口であった。勉強は全くできなかった。その彼が一日学校を休んだ。蚯蚓に小便を引っかけて、小坊主が腫れたのだということであった。

「おいケン坊。いっぺん見せてみいや。お前はよっぽど阿呆やなあ。早やから大人になってどうするい」

　ケン坊は村では最後に町へ帰って行った。教室から彼の机がなくなっていたので皆んなはそう思った。そのうち、町でケン坊を見かけたという上級生が現れた。ガードの下にたむろしている子の中に、帽子をあみだにかぶっている子がいたので声を掛けると、その子はちらっと振り向いただけで面子に熱中していたと。そして上級生はおもむろにこう言ったものだ。

「ケン坊はな、いっぱしの顔みたいだったぞ」

　それから二、三年経って、ケン坊が死んだという噂が流れた。しかしその真相を誰も知らないまま、噂はいつか立ち消えになった。それで皆んなはケン坊を死んだものとしてあつかった。

　更に何年も経って、払暁の足羽川原でやくざの出入りがあったことがあった。

その一方の死んだ旗頭の名前が新聞に出た時、皆んなは顔色を失くした。根元健國。ケン坊と同姓同名であったからである。皆んなはケン坊が生きていたのだとは知らなかった。しかし死んだ男がケン坊だという証拠は何もなかった。こうして彼は一応二度死んだことになった。

3

両親が米糠で石鹸を作っているという商売は何処かインチキ臭いものに感じられたが、そしてたまに里帰りしてくる母親の方は見かけることがあったが、父親の姿を見た者は誰もいなかった。そのために尚、父親は町で何をしているのか分からん、ということが話の種になった。

この母親と一緒に必ずついて来たのがみどりちゃんという女の子であった。女の子は、母親が町へ帰った後でも、里の祖母と一緒に、二、三日は居ることがあった。

女の子は大きな人形を抱いていた。そして村の悪童共が女の子の家の前の往還で遊んでいたりすると、必ず流しの口から人形を抱いて出て来て、悪童共のさわぎをはらはらしながら眺めていた。女の子の目は怯えていた。怯える位なら家から出なければいいのに、そこはずっと疎開を続けていた兄の姿を探すためであった。

悪童共はぐるぐる走り廻りながら、往還に土埃を巻き上げて遊んでいた。その中にきっと兄もいる。女の子はそう思って必死に立ち続けていたのだ。悪童共はそんな女の子を見て見ぬふりをした。一番女の子に認めてもらいたかったために。

そんなことがあったから、誰も女の子をいじめる者はいなかった。いじめようと思えば、女の子が持っている人形をぶん取ってもよかったのだ。悪童共はそこで一つのことを学んだ。そしてそんなことを誰にも言わなかった。

木橋の穴

バスが木橋にさしかかると、乗客を全部バスから降ろす。昼頃だと、乗客は十五、六人。乗客はぞろぞろと先に木橋を渡る。乗客が全員渡り終ってから、バスがのろのろと木橋を渡る。ぞろぞろと、のろのろの儀式が終ると、バスは何事もなかったかのように、誰一人として声を上げる者もない乗客を吸収しておもむろに出発する。バスは砂埃で汚れている。乗客が着ているシャツも、顔も、髪も砂埃色をしている。

バスが木橋を渡る時乗客を降ろしたのは、木橋の真ん中に穴が空いているからだ。穴が空いていれば、補修をすればいいようなものの、誰もそんなことはしない。穴が空いたらそこを避けて通る。補修の男手がない。金もない。窮余の一策というか、とにかく穴から落ちて諸共に死ぬことだけは御免だ。皆んな疲れていた。疲れ果ててしまっている。

木橋の穴の脇をそろそろと通る。誰もそこを通らないわけにはいかぬ。下を見るのが怖いからといって、目をつむって通る訳にもいかない。そんなことをしたら、その方がもっと怖いからだ。私はおそるおそる穴の間から川の水を見た。その水の青さときたら、どんな青空よりも私には青く見えた。その前も、その後も、私はあんなに青い川の水の色を見たことがない。

川漁師

天気のいい日であれば、川に川漁師が来ている。その辺で切って来たような細い竹に、糸を括り、針を付けただけの簡単な釣竿。餌は蒸した薩摩芋。薩摩芋を切るための小刀が新聞紙を拡げた中に置いてある。この他に川漁師の持ち物といえば、日本手拭一本。手拭は、首に巻いたり、頭と顔をまとめてすっぽり包んだりする。何処から来た老人か知らない。堤の上に自転車が置いてある。

「坊、おっかちゃんどうしてるい」

初めて川漁師が口をきく。

「今寝てる」

私は正直に答える。もう二月ほどもぐずぐずと寝ている。

「風邪か」と川漁師は聞かない。風邪など、病気のうちに入らないからだ。

「ロクマクで寝てる」

私は追加して答える。これは少し嘘だ。この際嘘をついた方が迫力があると考えた。

「何じゃってか。それやあかんがい」

川漁師はそう言うと、金のバケツの中にあった鯉を捕まえ、私の鼻先へずいっと押しつけた。

「いいか、これをぶつ切りにしてな、味噌汁にして、おっかちゃんに食わしてくれ。おっかちゃんに食わすんだぞ」

私は来た時にバケツの中をのぞいて知っていた。バケツの底ででろりと尻尾を巻いていた鯉だ。

私は巨大な腹の鯉を両手で捧げ持つようにしてとぼとぼと堤を帰って来た。病人は、飯を全く受け付けないのではなかった。その点、少し大袈裟になったのを反省した。それでとぼとぼになったのである。

おれと言う男

村では戦死した男は二人いた。私の父は敦賀の連隊までは征ったが、そこから先へは征かなかった。身障者もいたし、小さい村で二人も結核がいたし、年齢的に老けすぎていた男二人は兵隊に征っていなかった。一人だけ私の父より若い男がいたが、彼は征ってすぐに帰って来た。これは何故だか分からなかった。ただ帰って来てからは荒れに荒れた。人を危めるとか、そんなことではなかったが、大声で誰彼かまわず怒鳴りつけるものだから、鼻つまみになった。誰が葬式の世話なんかしてやるものか、ということであったが、男夫婦は八十近くにもなって、ハワイに住む息子の所で死んだ。

忘れた頃に帰還した男が一人いた。女房はむろんいなかったが、もう諦めて、忘れていた頃にひょっこり還って来たので、身内のみならず一番驚いたのが本人みたいな所があった。のんびりした男で、除隊後家に帰らずに、仲間に誘われて土方仕事をしていたのだということであった。

帰還した男は自分のことをおれと言った。自分をそんなふうに言う男は村に居なかった。大抵はうら。そうでなければたまにわし。私の父などはわたし。だから、おれと言う男は、外国語を話す異人のように見えた。

男は暫くして、ラージとかいう、ピカピカの自転車を買った。およそピカピカ光るものは村に一つも無かったからその自転車はとても珍しかった。村の子供達はおそるおそる見上げるような高いサドルの自転車に近づき、いつまでも凝っと眺めていた。

「こら！　坊ら、自転車に触るまいぞ」

真っ黒に日焼けした、足の長い男の声であった。

そのうち、村の子供達は、ペダルに手を乗せて、静かに車輪を廻し始めた。車輪はリンリンと軽快な音を立てて廻った。スポークもピカピカ、リームもピカピカであれば、車輪が廻るだけできれいな音を立てるのだな、と村の子供達は納得した。まるで音楽のようだな。そしてそんな音は、彼等は生れてこの方聞いたことがなかった。

「こらあっ！　触るなって言ったじゃろが」

又しても男の声であった。子供達は蜘蛛の子を散らすように逃げた。

子供達は男が追って来ないことが分かると一息ついた。そしてこんなことを言ってお互いに慰め合った。

「チェッ。触ったかて、減るもんであるまいしな」

牛帰る之図

春まだ浅き午下がり、騒動がまき起こった。往還を一頭の牛が逃げて行く。後からおっさんが泳ぐように追いかける。その差がちぢまるようでちぢまらない。おっさんは牛が往還を外れて脇の田圃道に入って行ったりすると、往還に仁王立ちしながら、こっちを向いてニヤニヤしている。照れ笑いだ。酒も飲んでいるのか赤ら顔である。余裕というか、何というか。それでも牛が田圃道を更に入って行ったりすると、おっさんも田圃道に降りて追いかける。牛は田圃の中を逃げながらのんびりと土手の草を食んだりする。この辺りは牛の方が上手だ。おっさんも田圃に入って近道を取る。その内に田圃の中で足を取られてもんどり打って倒れる。

そんなふうにして、牛とおっさんは川下の方へ遠ざかる。騒動は見物人の胸先三寸で膨れあがる。

「あれはきっと、これからこき使われるのが嫌で、牛がバラを出したんじゃわい」

バラを出す訳にはいかないおっさんの方は、どうしても牛を捕まえなければならない。頭の中は必死だ。

忘れた頃になって、往還を牛とおっさんが帰って行く。牛が先に立って、おっさんが手綱に引っ張られながら歩いて行く格好だ。逆転といえば逆転なのだが、無駄な抵抗はしないというのが牛の流儀であるようにも思う。黒々とした体軀で、いざとなれば後脚を同時に斜め横に空高く蹴り上げる。そんな必殺の術を牛は秘めている。

とぼとぼと牛とおっさんが往還を帰って行く。おっさんの方が悪いことでもしたように牛よりうなだれている。牛はさして汚れていないが、おっさんの野良着も身体も泥だらけなので前と後ろの区別がつかない。

それから牛舎に辿り着いて、牛はおっさんからちゃんとしたあつかいを受けただろうか。それからおっさんは夕方の飼い葉を刈りに行き、たっぷりの水と共に牛に与えただろうか。今度はおっさんがバラを出して、牛がちょっとしたはずみでバケツの水をひっくり返してしまった時、何の手当てもせずに牛舎を去って行かなかっただろうか。「この罰当たり奴」と言いながら。

弁当

その頃はたまに弁当を持って登校することがあった。小学校の低学年でも、午後に課業がずれ込むことがあり、そんな日には、ただ結んだだけのおにぎりか、焼きおにぎりか、カネの弁当箱に御飯だけを詰め込んだ弁当を持って登校した。おかずは相談したように梅干し一個。担任は御飯とは別の容器に大根の浅漬け。それを彼はバリッバリッと音を立てて食べた。白くて、艶やかな大根の浅漬けが担任は好きなのだなと思った。

学校に近い家の子供は家へ食べに帰った。そのために学校のある村の子供は男も女も昼になると学校に居なかった。一人だけ、珍しく学校のある村の子供で弁当を持って来た者がいた。彼の弁当のおかずには煮干しの出し殻が入っていた。多分、彼が弁当を持って行くと言い、母親が苦肉の策として味噌汁か何かに使った煮干しの出し殻を詰めたのだと思う。梅干しよりはましだろうと。しかしそんなものが旨いはずがなく、私は彼に同情した。

その後不思議な事件が勃発した。弁当泥棒である。昼になり、いざ弁当を食べようという時になって、「あっ、弁当がない」ということになったのである。鞄の中に入れておいたか、机の上の段に入れておいた弁当がない。いつ盗られたのかは全く分からない。

そうはいっても組の生徒は四十数名。ここに数名と書くのは、疎開者の出入りがあったからであるが、とにかく、どんな事情があったにせよ、一人の弁当泥棒ぐらいをつきとめられないで何とする、と皆んなは考えた。この事件は、この後もう一度起こった。

見当は付いていた。父子家庭にいた子供はろくに飯も与えられず、父の命令で家事一切何でもやらされているのだということであった。しかし考えてもみよ。別の学年の子であるかもしれないではないか。私は一度だけその日欠席していた彼の小屋を訪ねたことがあった。玄関には筵が吊ってあり、薄い煙が這い出ていた。彼は七輪の前に座っていた。奥の方に父がひっくり返っていて、私を認めると上半身を起こしてじろりとこっちを見た。

この一家もいつか町へ帰って行った。彼はその途次私の家に来て、一枚の紙切れを置いて行った。紙切れには簡単に次のようにあった。

「友だちになってくれてありがとう。君のことはわすれない」

*

車列

ドドドドドドドドド
ドドドドドドドドド
車列はいきなり朝靄をついて現れ、まだ寝静まっている街をぐんぐん進んで行く。何故か車列の進む街が、何処の国かわからず、架空の街のように見えてくる。車列の行先はわからない。車列の止まった所が行先だ。
ドドドドドドドドド
ドドドドドドドドド
数台の賓客車のために、何であんなに何十台もの白バイが伴走するのだろう。仮りに賓客車の中に超一級の要人がいたとして、あれではかえって警備を逆手に取られはしないか。目立ち過ぎるのだ。
完璧な警備ということが考えられるが、どこか独善的で、滑稽で、勝手なものという印象を受ける。警備も人まかせにはできず、自分のことは自分でやるということか。悪いことではないが、人を全く信用していない。不測の事故が起こってからでは人は責任が取れないから、たしかにそこに理屈はある。しかしそれだけだろうか。
ドドドドドドドド
ドドドドドドドド
車列はデモンストレーションである。裏を返せば、超一級の要人の警備というより、要人をいかに超一級たらしめるかの擬装である。しかしこわいのはそんなことではない。
ドドドドドドドド
ドドドドドドドド
ドドドドドドドド
白バイの音が、夜っぴて打ち鳴らされる太鼓の音のようにも、夢うつつで聞く雪崩の音のようにも聞こえてくる。しかし人は、車列の中に要人がいないのではないか、と考えたことがあっただろうか。要人は正門を使わず、裏木戸から出這入りするということも。

警備

　沓掛から北に延びる国道は146号線である。ぐねぐね道を登って行くと、カーブといわず、直線といわず、「あまーい桃」と書いてある木の板が目に飛び込んでくる。木の板の文字は、どんなに走っても一向に変らなかったが、なかなか現場に辿り着かない。やっと現場に着くと、少しの段ボール箱を積んだ軽トラが一台停っているきりだ。

　或る年の146号線。浅間山麓というか中腹というか、峰の茶屋附近に装甲車が一台ぽつんと停まっていたことがあった。その日の軽井沢駅警備のためであると。まさか。軽井沢駅から峰の茶屋までは煙のような遠方である。これはもしかして、峰の茶屋附近の三叉路で、三方から来る不審者を阻止するための警備であったのか。一つは北軽方面からの。一つは嬬恋方面からの。一つは白糸の滝方面からの。しかし遠大だな。雲をつかむような話ではないか。

不審者ならちゃんとしたルートを取るとは限らない。若狭と湖北を結ぶ草深い林道でいきなり頑丈なゲートに出くわしたことがあった。連合赤軍を阻止するためであるという。あの頃、ひょんな所にゲートがあった。国道8号線の熊坂に検問所が置かれたことがあった。加越国境の検問である。時間が中世で止まっている。

我が家の先祖は、提灯の明りを頼りに、荒れ狂う日本海の警備に当ったことがあった。子供心に、いったいそうした嵐の日にどうして日本海を渡る者がいただろうと思ったことや、提灯の火がたちまち消えて用をなさなかっただろうにと思ったことは今でも覚えている。思うにこれは、先祖にしても、不審者がいるとは考えなかったにちがいない。そうすると、雨の日も風の日も警備を続けた理由は何であったのか。

パルチザン幻想

1

山から雪が消えると、山が一面に鼠色になる時がある。ここからが山の変容の始まりだ。その次には鶯色。この色は刻々と変化する。筍が出る頃になると、鶯色はほとんど薄緑一色になる。山の地肌は全く見えなくなる。この時兎達は全山に散らばる。鷹を警戒する必要がなくなるからだ。鷹などは、今日では見ることさえできないが、昔は山里によく降りて来たらしい。赤ん坊を攫って行った話が残っている。

兎達の活動は夕方から朝にかけて集中する。これは雪山の場合も同じで、兎は呼吸を合わせたように天空から雪煙を上げて降りて来る。しかし雪煙は雪崩かも知れず、となると地響きのような音が聞こえて来るはずであるが、そんなものはなかった。ただ雪煙らしきものが方々で舞い上がり、山が消えたというのである。

雪崩とは似ても似つかぬ雪煙というのは何だろう。兎が雪中を駆ける時速は七十キロという。兎は後ろ脚が長いために、山を降りる時よりも駆け登るのを得意とする。こうして深い谷から谷を渡るのである。

2

突然夜の静寂がめくれる。兎の足跡が静かに麓の雪山を支配する。櫟や楢の木立を縫って、非榊の株のある所、何処までも兎の足跡がついている。縦横無尽というか、神出鬼没というか、無茶苦茶というか、出鱈目というか、妄動というか、四散というか。とにかく一匹や二匹の足跡ではない。何十匹、何百匹単位の兎の足跡である。これは、連隊が、休憩を宣して、一時解散を命じた証だ。証ははっきりしているが、誰も兎の姿を目撃した者はいない。

夜間に、黙々と移動する象の群を映像で見たことがある。その群をライオンが襲う。ライオンは、夜陰にまぎれてでなければ、象を襲うことはむずかしい。百鬼夜行が常態のエリアでは、夜間の安全性が裏目に出ることがある。弱肉強食が逆転することもあるのである。こうなってくると、夜が本当なら昼は嘘だ。昼が本当ならば夜は嘘だ。

戦争が終って、いつの間にやら兎の足跡が消えた。学校でアンゴラ兎を飼い始めた頃だろうか。アンゴラ兎の毛を売って、児童会の資金とした。子供も大人も、そんなことにかまけるようになって、戦争が終ったことにも、兎の足跡のことにも無関心になっていった。そしていつか無関心に慣れていった。

静かなる円陣

線路脇に菊畑がある。そこには猫が潜んでいる。レールは灼熱の太陽に照らされて鈍い光を放っている。レールも枕木も石も、いつ炎を上げて燃え出すかわからない。枕木はともかくとして、レールや石が燃えるというのは変な話だが、そんなものは十把一からげにしないと、このひどい熱さを表現することはできない。

猫は長い間菊畑に潜んでいた。菊畑は混んでいたので日陰を作っていた。すると猫はそろりと動き出した。線路に雀が一羽降り立ったのである。猫はそろりそろりと菊畑の中を動いて行く。両肩の骨だけを突き上げ、畑に腹這いになりながら。

猫はそうやって菊畑を潜り抜け、やっと日陰から日向に出た。そこからはぱあっと飛びかかって行くのかと思いきや、猫はそうではなかった。そろそろそろそろと、普段の歩幅で雀の一歩手前まで移動したのである。何事もなかったように。そして手をすっと延ばした時、雀は身を翻した。雀にしても、最初はきょとんとして、虚を衝かれるというか、一瞬何のことだかわからなかった。まさにタッチの差であった。

ところで我がチーターの場合はちがっていた。以下はテレビで放映された映像である。

チーターはサバンナを移動するヌーを狙って大地を這っていた。両肩の骨だけを突き上げ、大地すれすれに腹這いになって。ここまでは畑を這う猫と同じである。ヌーが轟音を響かせて目の前を通過して行く。ヌーには雌雄ともに角があり、体重は三百キロ近くにまで達する。こんな塊を迎え討つとなると、猫のようにはいかないだろうが、チーターは腹這いしていたブッシュの中途から猛然とダッシュしてヌーに襲いかかった。ヌーにしてもチーターにしても何が何だかわからない。偶々出くわしたヌーにチーターが襲いかかる。さすがにそのヌーは三百キロもなかったが、振り落とされて踏みつけられたりしたらアウトである。チーターも必死であるがヌーも必死である。結局チーターは振り落とされて諦めた。チーターはブッシュに逃げて倒れ込む。全力疾走した後は一時間休憩しないことには立ち上がれないそうだ。チーターは腹で大きく呼吸している。

ところがである。ブッシュに倒れ込んでいるチーターの所へ、ヌーが続々と戻って来たのである。その数二、三十頭か、三、四十頭ほどのヌーが円陣を組んでチーターを取り囲んでいる。この数は普通の群れの数と考えられる。静かなる円陣。何をするでもない。濛々とした土埃の舞い上がる中で、鎌のような角を寄せ合い、ただチーターを取り囲んでいる。その内ヌーは、何事も無かったかのように円陣を解き、大群に合流して行った。

いったい何だったのだろう。ヌーの許しの儀礼だったのだろうか。哀れみだったのだろうか。それとも勝鬨、声のない凱歌だったのか。様子見、警戒、ということであれば示威ということも考えられる。群れに子供がいる場合はよくあることであるらしい。子連れの象の群れにもそういう習性ありという。しかしヌーは間違っていないか。

蝮

1

蝮はばらっと身体を投げ出した姿勢で睡る。掃いて捨てられたような、中途半端なままで、雁木の通路のコンクリートに身体を投げ出している。コーナーにぴたりと身体を沿わせていたり、渦巻状に蜷を巻いて睡ったりはしない。もっとも、蝮が睡ることがあるのかどうか、青大将のようにじりじりと梁を伝うことができるのかどうか、については全くわからない。

夜道を歩く時は長靴を履いて行け。裸足で歩くことはならぬ。これは今日でもまだ村社会では生きている格言だ。此の頃は戸外を裸足で歩くことは滅多にないが、それでも、野の続きで、雁木を裸足で歩くことがあるかもしれない。

夜の帷が下りた雁木で、蝮が人事不省に陥っている。コンクリートで身体を冷やしているのかもしれない。無防備、無警戒、まさにものと化している。暗闇の中で、柔らかい弾力が足裏に伝わる。人が足を引き上げるより早く、蝮は反射的に鎌首をひるがえすと管牙で人を咬む。

2

子供の頃、ガキ大将が青大将を首に巻き付けてのし歩いた。女の子が悲鳴を上げて逃げ回る。ガキ大将は更に得意になって、首から青大将を解くと、青大将の尻尾をつかんでぶらぶらと振り回してみせた。そして女の子に向かって、「いっぺん裂いてみせたろか」と言った。

青大将はだらしない身体をされるがままにまかせていた。鎌首をひるがえして、蝮のように人を咬んだりはしなかった。青大将は逆上がりができない子供のようであったし、子供のように何度も挑戦する気持もないらしく、ガキ大将に尻尾をつかまれてだらりと逆様にぶら下がっているだけであった。

或る朝、雁木を覗いて息を呑んだ。雁木の基礎のモルタルに激しい血糊の痕がある。すぐそばに首のない蝮の塒がある。塒からかなり離れて、ちぎれた三角形の頭が落ちている。これは落ちているというより臨戦体制のかまえだ。塒はそのために時間をかけて積み上げられたものと考える。すぐ側の薄暗い茗荷竹の株を透かして、茗荷の黄色い花がちらちらと見える。頭の向きがこの方向を指している。茗荷を取ろうとして蝮に咬まれた知人を知っている。彼は入院治療を受け漸く回復したが、それから間なしに庭の松の雪吊りを外している時に落下して死んでしまった。

3

蝮は家の中へは這入らないと言われている。百足は家の中では必ず二匹出る。言われてみるとそんな気がする。百足が顔を這う。とても速い。寝苦しさの余りに目を覚ますと、薬指に百足が巻き付いている。信じられないような出来事であるが、顔を這った百足と、指に巻き付いた百足は別であった。最初の百足は蠅叩きで叩き潰していたからである。

蚊帳をめくると、何か重たいものがドサリと仰け反った。それが蛇だということは分かったが、眠気まなこで行方を追ってみても、間もなく何処かへ姿をくらましてしまった。真夏の夜の夢である。

蝮が家の中へ這入らないというのは、恰好な餌が無いからではなかった。二匹の百足と同じ理屈でいえば、過去の例とか習慣というものであった。ということになると、蝮はいつ約束を破るのかもしれず、第一約束をした覚えがないのであるから、破るも何もないことになる。

4

子供の頃、蛇捕りというのが来た。蛇捕りは自転車に乗ってやって来る。そしてふらふらっと村の中へ這入って来る。手に何やら棒のような、針金のような物を持っている。自転車のハンドルにはうす汚い袋がぶら下がっている。

「家の池に蝮が出たぞ」

子供の中にはそんなふうに言って、蛇捕りを案内する者がある。池に取り付いた男は五分もしない内に蝮を捕まえる。そして袋の中へ放り込む。あれが不思議でならなかった。蝮も蛇捕りににらまれたらひとたまりもないな。

熱帯夜が深更する頃、暗い雁木の下に蝮が横たわっている。そこは常に風の道があり、風がなくても一段と涼しい。昼などはそこへキャンプ用の椅子を持ち出したり、孫らがまだ小さかった頃は、筵を敷いて柿の葉の光の中でおにぎりを食べさせたことがあった。そこが深夜ではあるが蝮の休息所となった。まさかそんな所に蝮がいるとは知らない。薄暗い所であるから、紐か縄が落ちているように思える。これが蝮の作戦かもしれない。そんなものなら何処にでも落ちている。だからそれに倣うのである。

雁木を穴熊が通る。穴熊は傍若無人であるから、せわしなくごそごそとやって来る。いくら何でも音で分かる。蝮はただちに塒を巻く。これは、後退、防禦のためではない。塒を解く時のバネというか、反動を利用して一気に敵に挑みかかるための構えである。そのために、塒はより固く、堆く積み上げられた。体鱗の幽かに擦れる音がしている。

*

「ビルマ戦記」東隊の記録と「野火」

私の手許に、「ビルマ戦記」東隊、という一冊の冊子がある。A5版、八七頁の薄い冊子であるが、これには、敦賀歩兵第一一九連隊、第一一中隊の名簿が記載されている。東隊というのは、第一一中隊の中隊長東源雄の部隊ということである。名簿には、戦死、戦傷死、入院、病死、復員の区別があり、児玉定一の場合でいくと、戦死、一九、一一、一二、ピンウェと出てくる。

東源雄は戦闘の詳しい一文を戦闘ごとに分けて書いている、その十、「クレ付近の戦闘」自一月十二日、至二月十日。

「この戦いは、あまりに悲惨で、私には何としても筆を進める勇気はない。この頃になると、戦局は激しく、日に日に切迫感を増していた。上級将校が次々と倒れた。(中略)その稚拙で、我武者羅な作戦指導のため中隊でも諸戦以来最後まで善戦し、偉大な功績を打ち立てた(中略)多数の有為な若者を憤死に追い込んだ罪は、決して己の一生をもってしても償えるような生やさしいものではない。とりわけ奥村准尉が戦死時にその部下桂川力野に残した最後の言葉――みんな、絶対に中隊長を死なすなよ。犬死になるではないか……。

このことばは今でも私の耳の奥に残っていて、それを顧う度に身震いを禁じ得ない。私もやがて人生の終わりに近づいたことを悟り、敢えてこの一文を残し(後略)」

ここに登場する奥村准尉は、先の名簿に拠れば奥村延命のこと。二十年一月二六日、クレ高地の戦闘で戦死。石川県羽咋郡志雄町子浦出身。彼が発した「犬死」という言葉は、東源雄の「あとがき」にもう一度出てくる。

「……みんな、犬死ではないか……」

この再度の引用によって、奥村が言った「犬死」の意味が、ちょっと分かりにくくなっているが、後の方は中隊長の後付けともいえるもので、奥村延命の真意は中隊長をあくまで立てることにあっただろう。ただここでは中隊長は無事生還したのだからよかった。いずれにしても「犬死」を免れることになったのだから。

「野火」という小説の中でも、「犬死」という言葉が出てくる。田村一等兵は軽い喀血をしたために病院へ送り込まれたが、病院では三日後治癒を宣して中隊へ送り返して来た。しかし中隊は、五日分の食糧を持たしたのだから五日置いて貰えという訳で田村は病院へ戻ったところ、病院はあの食糧は五日分とはいえない、もう切れたと入院を断られる。田村は中隊へ戻る。これに対して分隊長は一発かましてから、「馬鹿やろ。帰れつていはれて、黙つて帰つてくる奴があるか。帰るところがありませんつて、がんばるんだよ。さうすりや病院でもなんとかしてくれるんだ。（中略）病院へ帰れ。入れてくんなかつたら、幾日でも座り込むんだよ。まさかほつときもしねえだろう。どうでも入れてくんなかつたら――死ぬんだよ。手榴弾は無駄に受領してるんじやねえぞ。それが今ぢやお前のたつた一つのご奉公だ」と言う。

「わかりました。田村一等兵はこれより直ちに病院に赴き、入院を許可されない場合は、自決いたします」

「よし、元気で行け。何事も御国のためだ。最後まで帝国軍人らしく行動しろ」

「はいっ」

その時、窓際にいた給与掛の曹長が、「よし、追い出すようで気の毒だが、分隊長の立場も考えてやらんといかん。犬死するなよ。糧秣をやるぞ」と言って、部屋の隅にあった芋の山からカモテと呼ばれている甘薯に似たフィリッピンの芋を両手でしゃくってくれた、と最初の章にある。

軍人墓碑

　私の家から海へ出る道は何本かあるが、距離的に最も近い道が後ろ山を越える道である。しかしこの道はぐねぐね道を直登し、山頂のトンネルをくぐらなければならない。昔のこのトンネルは、ただ掘鑿しただけの岩盤むき出しのもので、トンネルをくぐる時、今にも露出した岩が落ちて来るのではないかと、走って通り抜けたものだ。当時はトンネルと言わずマンポと言った。小学校低学年の遠足がこのマンポまでであった。

　マンポの向こう側には上三区があった。すなわち、上から順に、上一光、下一光、五太子と川に沿って下り、その先は大丹生の海につながった。大丹生は漁村である。このことは逆に考えると、上三区は海に近かった。彼らは昔から魚をよく食べていたのである。それに秋になれば霞網で鶫を獲った。彼らは鶫の毛を毟って焼き、黒焦げになった頭から食べた。
上一光と下一光には住民が食うだけの田圃は何とかあった。これに林業を加えて生活の柱とした。五太子になると山師などがいて林業だけになった。しかし現在は三ヶ村とも過疎が一段と進んでいる。住民の姿も滅多に見ない。目立つのは道路脇に並んで建つ何基もの星のレリーフを浮かべた巨大な軍人墓碑だけだ。

故　陸軍歩兵　上等兵　山川正一之墓

故　陸軍歩兵伍長　勲七等功七級　山川新蔵之碑

故　陸軍上等兵　勲八等功七級　西山乙松
海軍々属　西山真琴　碑

故　陸軍伍長　勲八等　嶋田茂之碑

故　陸軍上等兵　勲八等　佐々木正之碑

故　海軍二等機関兵　嶋田末松之碑

故　陸軍一等兵　谷口三吉之墓

故　陸軍伍長　松田晴美之墓

故　陸軍兵長　西谷藤松
　　海軍々属　西谷春次　墓

故　陸軍兵長　杉田登之墓

右はいずれも下一光地区に建つ軍人墓碑である。この地区には小中併設校があり、今も残る運動場で私は走った記憶がある。私がいたのは山をかえった所にある本校であり、ここはその分校であったからだ。小さい運動場に割れんばかりの歓声が渦巻き、何となく異郷の青空の下に、子供も大人も溢れていた谷合の集落の寂れようは嘘のようだ。

ちっとも変わらないのは軍人の白御影の墓碑だけである。中の墓碑名を揮毫した、戦後たしか一期だけやった官選知事や、法務大臣や、長井眞琴という文学博士の名前も刻まれていて、まだ菊などが置いてある墓碑もある。この遺骨のない墓碑だけは、山津波にでも襲われない限り永遠である。人も猫も居なくなった集落に軍人の墓碑だけが遺る。そうした墓碑はまことに哀れである。しかしそうした墓碑を見ても、誰も何とも思わない時がきっと来るだろう。

七物語

七物語というのは七つの物語という意味ではない。七は人の名前。この上に、天谷の、が付く。天谷の七、の物語という意味である。天谷は集落の名。七の出身集落だろう。姓名の姓ではない。つまりは苗字ではない。苗字はあったはずだ。しかし、家が家の名前を出すことをしぶるということがある。しぶるというか拒否というか。要するに家の恥と考えた時、当人に姓を名乗らせないことは充分考えられた。

但しこれは明治に入ってからのことだ。苗字がなくても名を馳せるということはある。今日でも、年を取ってくると、名前を呼ばずに、「若杉はどうしたい」とか、「菅谷にも言わなならんな」と言ったりする。若杉とか菅谷というのは集落の名前である。そこへ女が嫁していたり、そこから男が来たりしている。これはひょっとすると旧時代の名残なのかもしれない。

さて天谷の七である。私はこの男の顔を見たことはない。しかし祖母が、「七はまだいるんかいな」と独り言のように言うのを聞いているから、まだその頃は天谷の七は生きていたのだろうと思う。

「何処にいるんかいの」

「さんまいじゃ。さんまいの竈の上に板を渡して寝泊まりしているのよ」

そんなことができる男は、人間ではない。盆の前に、さんまいの掃除などをして、祖母が竈の様子などから、「七が来ていたな」と言うのを私は震え上がって聞いた。祖母は七を知っていた。どこまで知っていたのかしらないが、七を狐や狸でない程度に知っていた。だからそこは私と同じではなかった。

七はどうやら田舎が猫の手も借りたい程に忙しくなると、ジプシーのように村々を渡り歩いたものらしい。そして声が掛かれば、何日かその家で働き、手間賃を稼ぐ。村々にしても、七を泊めたりすることはできないから、七はさんまいを塒にした。さんまいは村に必ず一つあったからである。

七の集落を見たことはない。七の最期も知らない。もう八十年近くも前のことである。ただふと考えることがある。七がさんまいを塒にして、竈に板を渡して寝たというのは本当だったかもしれないと。そのまま仮に息絶えたとしても、誰かが遺骸にそのあたりで調達した粗朶を積み、割木をくべて火をつければ事が済んだのであるから。

七の墓の話などは誰もしなかった。戦死者の墓などは、立派な御影石で、星のレリーフを額に浮かべて、人目につくように往還に面して建っている。同じ墓が並んでいたりするのは、兄弟か、戦友の場合だ。これらの墓には年に何度かちゃんとした花が供えられたりしている。

しかし戦死者の墓の中に遺骨はない。七の場合はどうだっただろう。身内の誰かが拾骨しただろうか。それとも七は金歯など嵌めているはずもなかったから、遺骨は掻き探されることもなく、スコップでごそっと掬われて、谷底深く捨てられただろうか。こうなると、今日流行の散骨といえないことはない。

降る星の数ほどある英霊には遺骨がない。そのために、自分の墓を持つことができずに「○○の碑」という形でしるしを遺した。うるさく言うとそうなる。あれを「○○の墓」と同義と考えるのは、少しのんびりし過ぎている。

*

先祖

蜩が降るように鳴いている。まだまだ夕方までには時間があるというのに。蜩の鳴き声は輪唱である。鎮守の森の声が終ると、背山の声が続く。背山の声が終ると、鎮守の森の声が興こる。鎮守の森の声は遠く、背山の声は近い。まるで、私が清水山の家を出て行くのを見ているが如くである。背山の激しい蜩の声は、私に出ていくなと聞こえるし、鎮守の森の声は、さよならさよならと言っているように聞こえる。私はとても寂しくて、切なくて、悲しいのである。

私は清水山の人達と別れるのが嫌で嫌でたまらなかった。嫁入り前の二人の叔母達、私と年齢の違わない少し上の力持ちの叔母、そしてさらに少し上の叔父。この家族は長男をビルマで亡くしていた。

嫁入り前の二人の美しい叔母達は、私の顔さえ見れば、「食べね、食べね」と言ってくれたし、少し上の叔母というより喧嘩相手であった叔母とは日に何度も相撲を取ったし、その更に少し上の叔父は、まさに私の「あんちゃん」であった。彼は私にいくつもいくつも星座を教えてくれた。夏の夜空を彩る星座はかぎりがなかったが、私は彼と夏の夜空を眺めるだけで至福の中にいた。しかしあまりに短時日のうちにいっぱい教えられたので、星座は北斗七星位しか覚えられなかった。

彼等は私が清水山の家を出て行く時、誰一人として玄関に現れなかった。彼等は、「さよなら」とも、「又ね」とも言わなかった。彼等はすこぶる寡黙であった。祖母が一人だけ、玄関から前の新保道まで出て来ていつまでも立っていた。その案山子のような姿は、何度振り向いても変わらなかったので、私はついに振り向くのをやめて、煙のような先祖のいる村の家へ帰って行った。道はあまりに遠く、退屈した。退屈にまかせて、つい今しがた祖母から言われたばかりの我が家の先祖について想いを巡らした。

「先祖を大事にせなあかんが。何事も先祖のお陰じゃでな。おばばさまの言いなさることをよう聞いてな」

玄関で靴紐を結んでいる私に祖母はこう言ったのだ。

現に、毎日家にいて何でもしてくれる我が家の祖母は、まだ生きているのだから先祖とは言わないだろう。何をやるにしても祖母は上手くできたためしがなかったが、それでも風邪で祖母が寝込んだりすると面白くないことこの上なく、学校から帰ると真っ先に祖母の寝所へ飛び込んだものだ。祖母は廣貫堂の薬を飲まなかった。それでも二日も寝ていると起きて来た。終日寝ているのが祖母の風邪に対する療法であったことを考えれば、これなどはとても賢い部類に入るだろう。

それでは我が家の祖父はどうか。この祖父は父が師範在学中に死んでしまったから、私は全く知らない。しかし先祖ということになると、一番新しい先祖ということになる。

祖父は三方村役場の書記をした。冬になるとその村の小寺に下宿した。三十いくつにもなって、寺の娘を見染め、この娘を家に入れた。家つき娘の母親は二人の仲を認めなかったために、息子は同じ屋敷の中にもう一軒家を建て、母親が死ぬまでそこに住んだ。葉蘭と躑躅の株が屋敷の隅に今でも残るのはそのためである。母親は何故二人の仲を認めなかったのか。嫁が貧乏寺の出であったからである。

祖父は無類の酒飲みであった。大してあるわけではない山林の雑木を売り、金が入った時だけ五嶽楼で大名飲みをした。

「うざうざ言うなら五嶽楼へ帰るぞと言いましたからねえ。行くんではなくて、帰るんですと」

こう言って、いくら年を取っても、亭主の行状を近所の女達に口説いていた祖母を私は知っている。五嶽楼といえば、松平春嶽が馴染んだ料亭である。行く時は吝嗇で船でしか行かれない身分の男が遊ぶ場所ではなかった。

そうするとこれは、祖父の悪業であり、子孫の教訓となることではなかった。悪業を先祖の御蔭ということはできない。まさか、寺の小娘を家へ入れ、母親から最後まで守り通したのが偉かったというのではあるまい。

この母親、一度柿谷へ嫁に行き、生家に血筋が絶えると、柿谷を離縁して生家に舞い戻っている。よくある話ではないがたまにある話である。そして浜島から養子を貰い祖父を生んだ。祖父も祖父なら、母親も母親である。波乱含みの人生である。今ある私が、こうした先祖の御蔭というのはちがうのではないか。

　飯粒が何処にあるのか分からないような雑炊しか食べられず、従ってそんなものは食べる気にならず、そのために私は、畑の果菜や根菜を生で食べて腹の足しにすることしか知らず、まだまだ足りなくて、食べられる野山の木の実や果実なら何でも食べて、春早い春蘭の花軸やら虎杖やすいばや茅萱や黒穂草の茎まで食べて、躑躅の花や葉っぱに付いた餅まで食べて、椿の花という花の蜜を吸いまくり空腹を満たしてきた。まるで、鳥か猿か穴熊の如きである。これで先祖と繋がっているとするならば、先祖は人ではない。

　私はこれから煙出しだけある村の家へ帰って行く。煙出しだけはどの家にもある。茅葺の家なら、破風の口からぼんやりと煙が立ち昇る。どの家の煙もぼんやりとしている。煮炊きする物がぼんやりとしたものしかないからだ。蜩の声はもう追っかけて来ない。

本屋

明治、大正、昭和を通して、我が家の本屋は茅葺きであった。戸数十戸。二十年に二戸の割で葺きかえる。それまでに茅を蓄めておく。作業は村総出の結いである。

本屋は寝所と台所があったから、百姓仕事は別棟でした。これを越前国大野郡下穴馬村川合の平野治右衛門家の場合で言うと、小家、と称した。これらの他に土蔵があった。平野家の小家も茅葺き。土蔵は大きい家では二つ。家によっては無い家もあった。土蔵は箪笥や長持、その他祭祀の道具類の物置き、平野家では関ヶ原前の元亀二年からの古文書一六〇〇点を保管した。

我が家では祖父の代に没落して、養子であった曾祖父の墓はあったが、曾祖母の墓がなかった。曾祖父の墓は、墓の字体、形状からいっても代々の墓とはひどく違い、この墓には曾祖父の兄、父母の戒名も刻まれていた。異例である。これは、曾祖父の実家の異常な没落を示していた。

我が家の本屋は、父が師範在学中に雪で下屋が落ち、急遽解体した本屋の古材を使って再建した。この時茅葺きから瓦葺きになったが、間取りは半分以下に縮小され、台所と流しと二間だけの平屋になった。母はこの家へ嫁に来た。新婚夫婦の部屋は蔵であった。

戦後になると、何処でも建築ラッシュとなった。地震をはさんでこの勢いが加速された。丸岡でも農村部の新築ラッシュは、巨大な欅の中柱と入母屋の屋根を特徴とした家を生んだ。

我が家でも入母屋の家を別棟に建てた。そしてこれを本屋とした。費用は持山の木を売ってこれに充てた。そこに山師が介在した。三十そこそこの父親は常に目を光らせていたが、本屋の材質は、横物の装束にしても節をかかえていたり、裏側では茄子割れしていて大いに角材に欠けるうらみがあったりした。縁側の欅の板などは幅が揃わず、虫喰いのものまで使われた。いい材料はまず余所へ持って行かれたと考えてよかった。

そして今やこの家を継ぐ者はいない。この家を壊さないという条件を呑んでくれるなら、タダでくれてやると申し出ても、はたして客が付くかどうか。放置すれば、帰還困難区域に建つ家と同じ運命を辿ることは目に見えている。野生の猪に踏み荒されるだけだ。

四〇〇年続いた平野治右衛門家の当主は、二〇二〇年代に入って実家の「断捨離」を考えなければならなくなった。川合村にある墓の移転、古文書類の処理、仏壇の引き取り等が当面の任務となる。これらが完了すれば茅葺きの本屋が消える。雪囲いの必要も無くなる。

我が家の本屋は現役である。ただ当主が消える。この当主、次の当主が約束されなくても、その時がきっと来ることを覚悟せねばならない。後は野となれ山となれ。これも一つ有りと当主は考えている。しかしこの時ほど、見えなかった物言わぬ先祖の顔が、見えるようになったこともなかったと思うのである。

上雪隠

雪隠ならいくつもある。外からも長靴のままで這入れる外雪隠。家族用の家の中にある内雪隠。これに坊主用の上雪隠がある。縁側の突き当たり、奥座敷の裏にそれがある。座敷を使うような行事の時も上雪隠を利用する。但し法事等の時は、ごく近しい身内であれば家族用の内雪隠に回って貰う。坊主と鉢合わせするのではどうもという訳である。この辺は皆さんよく承知しているので、この頃はトラブルはない。第一法事を家でやらなくなった。坊主にも御賄いを差し上げて帰ってもらう。仕出し屋の弁当など、珍しくも何ともないので誰も要らんのである。

そんな訳で、上雪隠は開かずのトイレとなった。一年に一度も掃除をするかしないか。その内年寄りが年取って来て、奥座敷の床の間に正月になると菅原道真の軸を掛けるだけで、そのためにだけ奥座敷に入ることになった。鏡餅とか三方は省略。こうなると、古民家は既にここに到るまでに死んでいたのであり、これから後は朽ちるにまかせられるだけのことと考えられた。

ところが、滅多にないことに上雪隠のドアを開けて息を呑んだ。草履を枕に青大将が寝そべっていたのである。私は思わず仰け反ったが、すんでのところで青大将を踏みつけるところであった。

私は「ペスト」を思い出さずにはいられなかった。「ペスト」では、あり得ない所に鼠の死骸があった。それはとても薄気味悪いことであった。その辺に鼠がうろちょろしていて、それが死骸となるのであれば、さして驚かない。それらは正統に伝染病であるのだろう。「ペスト」にしても、鼠の死骸がゼロから出て来ることに恐怖するのである。

我が家の上雪隠は入口がドアである。これに網戸付高窓一つ。いずれも古民家とはいえリフォーム済みである。こんな所でも百足なら這入り込むかもしれない。しかし雨樋職人が言っていた。近頃は頭部のごく薄っぺらな鼠がいると。

御忌様

一年に一度御忌様が来る。そして先祖の霊を供養する。どうということはない。以前は、住職一人だったのが、役僧一人が加わって二人になった。この役僧は副住職であったから、粗末にできなかった。お布施が五千円から七千円になった。村で取り決めたわけではない。聞いてみると全戸が七千円を包んでいた。村といっても十戸しかない。この内の一戸は仏事を一切拒んでいる。鎮守の天満神社の祭礼には米一袋だけ区長に預ける。彼の頭の中がどうなっているのかはよくわからない。

御忌様の時は御膳を供えなければならない。どの家にも朱塗りのままごとのような御膳があり、蓋付きの御椀がある。御膳の品は、平に煮物、猪口に香の物、壺に酢の物、汁、最後にご飯である。一汁三菜。しかしこれを作るか。家人が不在ときているので思案した。御飯にしても、冷や飯というわけにはいかぬ。その他にしても、人に差し出すのに、冷めた汁というのも聞かない。先祖の霊に申し訳ないというより、心が籠っていない。中途半端である。

それでは御膳は出すにしても、御椀に一切盛らないというのはどうか。体裁だけで行くのである。御椀には蓋がついている。わからない。

住職の座布団は赤、横に鉦。一段下がって副住職の座布団は紫、右に木魚、左に御鈴。蠟燭は赤。線香は一本。副住職用の経机は義弟の家の不用品を貰って来た。これで住職用の経机と対になった。

さて副住職の運転で住職が現れた。彼は私と同い年である。酒を飲み始めた頃は、法衣の上に酒をばたばたとこぼしたりして、酒を一滴もやらなかった先代の住職の無言の視線を浴びた。

「やあ」

「どうも」

すぐ勤行の開始である。

拝礼、勤行の前に、住職は広くもない仏壇を隅々まで睨め回すと、長い長い腕を延ばして、御椀の蓋をコトリコトリと取り始めたのだ。

御開扉

本殿の祭神は、「大権現縁起」に拠れば、養老元年三月、三十六歳の泰澄が地区の山中で刻したものとあります。今から千三百年も前のことになります。長年の風雪に耐え、神像は虫損いだらけのものとなり、目鼻立ちもよくわからず、一本の朽ちた棒切れのようになってしまいました。これではいかんということで、一度京都大学の先生に鑑定をお願いしたことがあります。先生は、信仰の対象としてあることはいいことだ、これからもそうであればよい、と言って帰られました。

実は地区民も、祭神の本当のお姿をよう知らんのです。祭事の守護役や、氏子総代は掃除などで祭神と接することがあるわけですが、氏子百戸は祭神を薄暗がりの中でしか見たことがありません。十七年、三十三年毎に御開扉があります。祭神を厨子から出します。しかし照明は当てません。拝殿にはロープを張ります。氏子や一般はそこまでです。

祭神は、円空でも、木喰でもないわけですから、粗はいっぱい見えています。粗が見えれば、あらたかさが無くなるでしょう。見くびられるではないですか。これほど信仰と乖離することはないわけで、そうならないための工夫を怠るわけにはいきません。これを突破して来る輩は撃退しなければなりません。前回もロープを突破して来た輩がいて、こともあろうに懐中電灯を振りかざしたりしました。テロのようなものです。

隣人

隣人は私の十歳位下であった。ずっと重機の運転をやっていた。こうした仕事は、冬場には干されるのだが、雪国では仕事がある。除雪である。一週間も山間の集落に入っていて帰らないことがある。我が家の雪降しなどは二の次で夫人まかせになる。見るに見かねて近所の人が手伝う。

隣人がほっこりした顔を見せるのは漸く温くなった春先の日曜日といったところ。定年退職してからは、休みが取れるようになり、畑で豆トラを動かし、刷毛で掃いたように畑を整備すると、玄関の前に椅子を持ち出して好きな煙草をくゆらせている。

「よお」

「ややあ」

これだけのことであるが、いつだったか、「よお」の続きで、「あのポスター、もう取ったらどうなの」と言ったことがあった。隣人は頭を掻いた。

ポスターとは、若い華奢な感じの女の国会議員の広報板用パネルであった。畑の端に、道に面して木組みの枠を打ち建ててパネルを掲げただけのもので、いかにも俄大工の仕事である。それは、彼の父親が永平寺の襖や障子の張り替えをなりわいとした職人であったことや、そうした几帳面さを受け継いだ彼の畑の整備などの感覚とは似ても似つかぬものであった。

「どうもの、身内からの頼みでの、断われんのじゃわの。こっちが出し方でもあるとの、何年経ってもの」

そのうち彼は持病の右足の具合が悪くなり、近頃姿を見なくなったな、と思っていた矢先に区長が死去の報を触れ歩いた。足の具合は、重機のアクセルを何十年も踏み続けたせいだろうと夫人も言っていたが、疾患のもとは内臓にあり、十二指腸癌であった。

選挙運動中のパネルの候補の人気は絶大であった。だるま屋デパートの前の道路は雨天にもかかわらず支持者で埋め尽くされ、道に面したビルというビルの階上に人が詰めかけた。日の丸の鉢巻をしめた若い候補者は、上手くない言葉で自分の所見やら決意を述べた。そこに地元の訛りがまぎれもなくあった。

彼女が圧倒的な票を集めて一人区当選を果たした時は、隣人は生きていたが、彼の死後もパネルは撤去されなかった。パネルには透明のナイロンが貼ってあったので、風雨に強いことが考えられた。誰も夫人が誰かに義理立てをしているとは思わなかったが、そこは聞いてみなければ分からないことであった。そしてそんなことは聞いてどうなるということでもなかったので、パネルはもうこれで何年もそのままになっている。

あとがき

私が最初の詩集『薄目』（編集工房ノア刊、一九九五）を出した時、思いがけない人からたよりがあった。北海道の澤田誠一さんは、「毛沢東を否定することは私にはできない」と書いて来た。私は「密告」「要人」「天安門事件」等の詩篇で、中国に批判的に触れていたが、毛沢東と結び付けて考えたことがなかったのでとても吃驚した。

又、中平耀さんは、「また懺悔の詩集かと思ってがっかりしたが、完全に罪悪史観から解放されている」と書いてくれた。私はそんなことはあたり前だと考えたが、もし私の中にゆるぎなくあるところの平等主義がそんなふうにして伝わるのなら悪くないと思った。

もう一人。草野信子さんは、「論理のつよさのようなものが魅力的である」

と書いてくれた。これも私にはぼんやりとしか見えていなかったものをしっかり見せてくれたみたいで嬉しかった。

御三方とも私には直接面識のない方々で、お目にかかったこともなかった。今から三十年近くも前のことである。

今度の『木橋の穴』の大部は「イリプスII」24号から37号にかけて書いたものである。残りは新規に書いたものもあり、ノートの中から採ったものもある。いずれにしても、『木橋の穴』は、前の『薄目』の系列の中で数えてもらって私に異存はない。

最後に、この度は思潮社の髙木真史氏のお世話になった。髙木氏とは、私の『中野重治近景』以来のおつき合いである。ここにお礼を申し上げる。

二〇二三年一月　杉堂にて

定道明

定道明　さだ・みちあき

一九四〇年福井県生まれ。六三年金沢大学文学部卒業。詩集に『薄目』『埠頭』『糸切歯』『朝倉螢』、小説集に『昔日』『立ち日』『鴨の話』『杉堂通信』『風を入れる』『外出』『ささ鰈』『雪《せつ》先生のプレゼント』、評論集に『中野重治私記』『「しらなみ」紀行——中野重治の青春』『中野重治伝説』『中野重治近景』がある。

木《き》橋《ばし》の穴《あな》

著者
定《さだ》道明《みちあき》
発行者
小田久郎
発行所
株式会社 思潮社
〒一六二―〇八四二　東京都新宿区市谷砂土原町三―十五
電話〇三（五八〇五）七五〇一（営業）
〇三（三二六七）八一四一（編集）
印刷・製本
創栄図書印刷株式会社
発行日
二〇二三年三月二十五日